Viel Freude
beim (Vor)lesen
wünscht
Tjorven Boderius

IMPRESSUM

1. Auflage April 2020

Text und Illustrationen:
© Tjorven Boderius

Lektorat:
Alexandra Fauth-Nothdurft

Layout und Coverdesign:
© wehrmeier-design.de

Alle Rechte vorbehalten.

ISBN 978-3-347-04456-2 (Paperback)
ISBN 978-3-347-04457-9 (Hardcover)
ISBN 978-3-347-04458-6 (e-Book)

Das Werk, einschließlich seiner Teile, ist urheberrechtlich geschützt. Jede Verwertung ist ohne Zustimmung des Verlages und des Autors unzulässig. Dies gilt insbesondere für die elektronische oder sonstige Vervielfältigung, Übersetzung, Verbreitung und öffentliche Zugänglichmachung.

Tjorven Boderius

Prinzessinnen zähmt man nicht!

Dieses Buch gehört Prinzessin:

Marie

Für meine tollkühne Freundin Emely,
das stärkste und mutigste vierjährige Mädchen,
das mir je untergekommen ist.
        Dithmarschen, im September 2019

**„Nach der Wunde
kommt der Regenbogen"**

Weiser Rat einer Vierjährigen
mit einem gebrochenen Arm,
an eine Einundzwanzigjährige
mit gebrochenem Herzen.

Das stachellose Schwein

Das ist Hicks.
Hicks ist kein gewöhnliches Stachelschwein. Er heißt so, weil er ständig Schluckauf hat.

Jedes Mal verkrampft sich sein Körper und seine Haut fängt bis in die Stachelspitzen an zu zittern. Dadurch lockern sich die Stacheln und fallen zu Boden. Und weil er so häufig Schluckauf hat, hat Hicks fast alle seine Stacheln verloren, erst einen, dann zwei … Jetzt ist er so nackt, dass man ihn für ein kleines Ferkel halten könnte.

Weil Hicks anders ist, macht sich sein Bruder Hacks mit den anderen Stachelschweinen oft über ihn lustig. Hacks ist ein starkes Stachelschwein mit vielen Stacheln, mit denen er sich und andere bei Gefahr beschützen kann.

Aber Hacks ist ein Angeber. Manchmal verschießt er einen Stachel, nur um einen Apfel für eine Schweinedame vom Baum zu holen.

Doch es gibt eine Person, die Hicks vor den Gemeinheiten seines Bruders beschützt: seine Freundin Prinzessin Tausendschön. Sie ist eine richtige Prinzessin, die im Schloss auf dem Berg am Rande des Schweinetals wohnt. Ihre Haare sind so lang, dass sie ihr in Wellen fast bis zum Po reichen. Sie hat kirschrote Lippen, Sommersprossen auf der Nase und sie trägt jeden Tag ein Ballkleid mit vielen Rüschen.

Wenn Hacks sich mit den anderen Schweinen über Hicks lustig macht, stellt sie sich vor ihren Freund und sagt: „Ich mag dich genau so, wie du bist."

Meistens sind seine Bauchkrämpfe dann wie weggezaubert. Aber manchmal ist er erst wieder gut drauf, wenn sie auf der Bergwiese liegen, weit weg von den Lästereien, und Wolkenbilder raten. „Die sind nur neidisch, dass du so schön glatt bist und gar nicht pieksig", sagt Prinzessin Tausendschön dann immer.

Aber auch die mutige Prinzessin Tausendschön ist nicht immer glücklich, denn eine Prinzessin zu sein ist anstrengend. Sie hat genug davon, sich vor Prinzen in Sicherheit zu bringen, die sie eines fernen Tages heiraten wollen. Sie mag es nicht, die Krone gerade rücken zu müssen. Sie hasst die Laufübungen, bei denen sie vor ihrer Großmutter einen Bücherstapel auf dem Kopf balancieren muss.

Es gibt nur ein Problem: „Wer einmal Prinzessin ist, wird immer eine sein", sagt ihre Großmutter – und die muss es ja wissen, sie war ja selbst viele Jahre eine Prinzessin.

Herzenswunsch zu vergeben

Heute geht Prinzessin Tausendschön wie jeden Morgen spazieren. Wenn ich ein bisschen länger bleibe, muss ich vor dem Mittagessen nicht so lange Balanceübungen machen, denkt sie und grinst.

Plötzlich hört sie auf der Wiese ein gedämpftes Fluchen. Sie sieht sich um, doch sie entdeckt nichts. Da hört sie wieder dasselbe Fluchen. Kam das von unten? Prinzessin Tausendschön hockt sich ins Gras, sodass sie dichter an den Blumen ist. Da! Eine kleine Fee klebt am Nektar eines Gänseblümchens. „Verflixt und nochmal verhext!", schimpft sie und bemerkt Prinzessin Tausendschön gar nicht.

„Hör bitte auf so herumzuzappeln, ich möchte dir helfen." Behutsam löst Prinzessin Tausendschön die durchsichtigen Flügel. Dabei muss die Fee stillhalten und die Prinzessin sich konzentrieren, weil die Flügel so zerbrechlich sind.

Erleichtert schlägt die Fee mit den Flügeln und flattert ein paar Runden um den Kopf der Prinzessin. Sie bemerkt, dass sie traurig ist, aber sie traut sich nicht zu fragen wieso. „Wie heißt du?", fragt sie stattdessen.
„Ich bin Prinzessin Tausendschön."

„Was für ein schöner Name! Freut mich sehr, Prinzessin Gänseblümchen", meint die Fee. „Ich heiße Feenolia."

Die Prinzessin weiß, warum die Fee ihren Namen mag, denn Tausendschön heißt Gänseblümchen – so wie die Blume, von deren Nektar die Fee genascht hat. Bislang war Hicks immer der einzige, der sie Prinzessin Gänseblümchen nannte. Warum diese Blume zwei Namen hat, möchtest du wissen? Und was hat eine Blume eigentlich mit einer Gans zu tun?

Das hat Hicks sich auch schon oft gefragt. Vielleicht, weil Gänseblümchen so weiß sind wie das Gefieder einer Hausgans, oder sie die Leibspeise der Gänse sind? Hicks ist ein schlaues Stachelschwein, das immerzu versucht, die Geheimnisse der Welt zu lüften. Aber warum man mehr als einen Namen für ein und dieselbe Sache braucht, das will ihm nicht einleuchten.

Als Feenolia ihre Flügel sauber und trocken geflattert hat, landet sie auf Prinzessin Tausendschöns Nasenspitze. „Du hast mich gerettet, Prinzessin", spricht die Fee. „Dafür möchte ich dir danken. Ich werde dir einen Herzenswunsch erfüllen."

Die Prinzessin staunt nicht schlecht: einen Herzenswunsch? Sie muss nicht lange überlegen. „Ich wünsche mir frei zu sein. Ich möchte keine Prinzessin mehr sein."

„Hm." Die Fee überlegt einen Moment, bevor sie lächelt. Sie pustet der Prinzessin eine Prise Feenstaub ins Gesicht und flattert davon. Der Feenstaub kribbelt so stark in der Nase, dass Prinzessin Tausendschön niesen muss.

Räubertochter Tausendschön

Yippie! Endlich ist sie keine Prinzessin mehr! Zwar trägt Tausendschön noch das Kleid und die Krone, aber die Fee hat sie schließlich verzaubert. Zur Sicherheit kneift sie sich in den Oberarm. AU! Mit den Fingern tastet sie in ihrem Nacken nach dem königlichen Muttermal. Doch sie findet es nicht. Ja! Glücklich rennt sie ins Tal, um Hicks die unglaubliche Neuigkeit zu erzählen. Auf dem Weg, springt sie in Matschpfützen und öffnet ihre zwickende Haarschleife an ihrem Hinterkopf. „Es fühlt sich gut an frei zu sein!", trällert sie.

Sie findet Hicks im Schuppen seines Vaters, in dem er sich tagsüber vor den anderen Stachelscheinen versteckt.
„Papperlapapp, so ein Blödsinn!", sagt Hicks. Er glaubt ihr kein Wort.
„Doch, ich kann es dir beweisen." Die Prinzessin zeigt ihm ihren Nacken. Hicks starrt mit großen Augen auf die kahle Stelle.

Zusammen machen sich die beiden auf den Weg zum Schloss.
„Vorsicht, eine Matschpfütze!", warnt Hicks Tausendschön. Doch die läuft schnurstracks hindurch.
„Aber dein Kleid, Prinzessin." Hicks jammert.

„Ich hab es dir doch gesagt, Hicks, ich bin keine Prinzessin mehr. Ich darf das jetzt!" Sie beginnt in den Pfützen zu springen. Die Spritzer landen auf ihrem Kleid und sie lacht. Da hört Hicks auf zu protestieren. Bei Schlamm wird er schwach. Er rollt eine Schlammkugel in seinen Klauen und zielt auf seine Freundin.

Doch Tausendschön wirft schneller, der erste Schlammball trifft Hicks direkt auf der Stirn. Er kichert und wirft seinen Matschball auf ihr Kleid. Der nächste Treffer zerläuft auf Hicks' Stirn. Er hat seine Klauen schon wieder befüllt und der Matschklumpen fliegt um eine Haaresbreite an Tausendschöns Ohr vorbei. So geht es hin und her. Bis Hicks ganz schwarz im Gesicht ist und die Haare der Prinzessin vor Moder triefen.

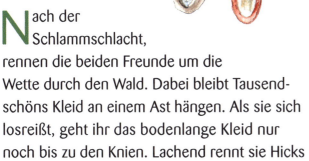

Nach der Schlammschlacht, rennen die beiden Freunde um die Wette durch den Wald. Dabei bleibt Tausendschöns Kleid an einem Ast hängen. Als sie sich losreißt, geht ihr das bodenlange Kleid nur noch bis zu den Knien. Lachend rennt sie Hicks hinterher. Mit dem kürzeren Kleid ist sie viel schneller. Ihre Haare wehen im Wind.

Auf dem Schloss plündern die beiden den Süßigkeitenschrank der Schlossküche und spielen Verstecken, bis es dunkel wird.

Als die Königin sie zum Abendessen ruft, haben sie kaum Hunger.
„Tausendschön, setz dich bitte ordentlich hin", sagt die Königin, doch ihre Tochter hört nicht. Sie hat die Knie angewinkelt und zeigt der ganzen Tafel ihre gesprenkelten Matsch-Beine und ihre kohlrabenschwarzen Füße.

„So sitzt eine Dame nicht", mahnt ihre Mutter. „Ich bin keine Dame und eine Prinzessin erst recht nicht!", widerspricht Tausendschön. „Sei nicht frech!", schimpft die Königin und Tausendschön schmollt.

Weil sie so aufmüpfig ist, bekommt die Prinzessin Hausarrest und Hicks muss nach Hause gehen, statt wie geplant bei ihr zu übernachten.

Heute putzt sie keine Zähne und nimmt kein Bad. Tausendschön fühlt sich wie eine Räubertochter. Im Badezimmer stellt sie sich vor den Spiegel und denkt an die geplatzte Übernachtungsparty. Sie hat keine Lust die Kletten auszukämmen, deshalb nimmt sie die Schere und schneidet sich den Zopf ab.

Ihre kurzen struppeligen Haare stehen wild in alle Himmelsrichtungen ab. Mit dem Lippenstift, den sie aus dem Zimmer ihrer Mutter gemopst hat, malt sie sich eine Kriegsbemalung auf die Wangen, wie sie die Indianer haben. Das ist ein bisschen wie Fasching, denkt sie.

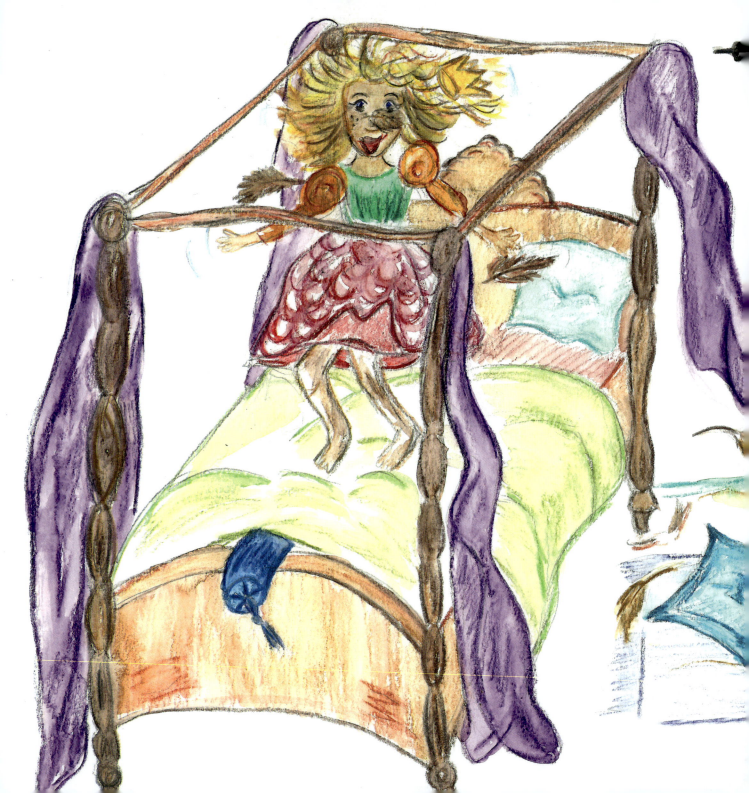

Schlafen möchte die Prinzessin noch nicht; sie bleibt lieber wach und springt auf ihrem Bett. Federn fliegen durch die Luft, die Krone rutscht ihr vom Kopf und fällt auf den Boden, aber die Prinzessin ist glücklich und jubelt.

Erst am späten Morgen steht sie auf, nachdem sie sich gestreckt und gereckt hat. Sie ist ja noch so müde! Leise gähnend schleicht sie sich zum Süßigkeitenversteck. Ihr Magen brüllt so laut wie ein Bär. Mit einem Beutel voll Naschereien stielt sie sich barfuß ins Dorf.

Herz- und Bauchschmerz

„Was hast du denn mit deinen Haaren gemacht?", fragt Hicks erstaunt. „Die finde ich so schöner." Die beiden Freunde legen sich auf die Wiese hinterm Schuppen. Sie verdrücken Bonbons und erraten Wolkenbilder. Am Himmel fliegen Gänse vorüber und Hicks fragt Tausendschön: „Glaubst du, dass es Prillan gut geht?" Tausendschön hat einen Kloß im Hals und nickt. Hicks hat die Wildgans mit gebrochenem Flügel letztes Jahr gesund gepflegt. „Sie wollte wiederkommen."

Hicks grübelt. Er hat sich in Prillan verliebt; das war nicht geplant, das ist einfach so passiert. Das kommt nicht jeden Tag vor, dass sich ein Stachelschwein und eine Wildgans verlieben. Aber als Prillan wieder gesund war, musste sie mit den anderen Gänsen – ihrer Familie – weiterziehen.

„Ich vermisse sie", sagt Hicks. „Ich wäre so gerne bei ihr." Tausendschön nimmt den weinenden Hicks in den Arm. Doch sie kann ihn nicht trösten.

Mit einem Mal hat die Prinzessin keinen Hunger mehr auf Süßigkeiten. Sie hat Bauchweh und möchte nur noch nach Hause. Auch Hicks mag nichts mehr naschen und verkriecht sich im Schuppen. Tausendschön macht sich alleine auf den Heimweg.

Eine schwere Regenwolke zieht auf und es fängt an zu regnen. Die nackten Knie der Prinzessin schlottern.

Durchgefroren kommt sie im Schloss an. Der König und die Königin haben sich Sorgen um ihre Tochter gemacht und schließen sie erleichtert in die Arme. Aber die Prinzessin kann sich nicht freuen, denn Hicks' trauriger Gesichtsausdruck geht ihr nicht mehr aus dem Kopf.

Erschöpft rollt Tausendschön sich in ihrem Bett unter der dicken Daunendecke zusammen, als sie ein Leuchten auf der Fensterbank bemerkt.

Feenolia steht hinter dem Fensterglas. Schnell lässt Tausendschön die Fee hinein. „Ich möchte wieder glücklich sein!" Die Prinzessin schluchzt. Da schaut die Fee auf und lächelt.

„Ich bin froh, dass du die Prüfung bestanden und deinen wahren Herzenswunsch gefunden hast, Prinzessin! Das wichtigste ist, glücklich zu sein", sagt sie. „Zur Belohnung bekommst du noch einen Wunsch frei."

Sofort weiß die Prinzessin, dass es nur noch einen Wunsch gibt, der erfüllt werden muss. Denn es gibt noch jemanden, der dringend ein bisschen Glück braucht. Sie flüstert der Fee ihren Wunsch ins Ohr.

Feenolia nickt und fliegt durch den Fensterspalt davon. Leise schließt die Prinzessin das Fenster.

Tausendschön nimmt ein Bad und putzt sich die Zähne. Danach fragt sie ihre Mutter, ob sie ihr die Haare kämmt, denn die Kletten in ihren Haaren tun schrecklich weh. Tränen laufen ihr übers Gesicht.

„Es tut mir leid, dass ich mein Kleid kaputt gemacht habe." Die Königin runzelt die Stirn. „Weißt du, mein Liebling, solche Dinge passieren, wenn man Spaß hat." Sie lächelt ihre Tochter an.

„Vielleicht hast du recht und wir verlangen zu viel von dir. Außerdem finde ich dein neues Kleid gar nicht so übel – solange du dich am Tisch benimmst." Erstaunt schaut Tausendschön auf. Als sie wieder ins Bett schlüpft, flüstert sie ihrer Mutter zu: „Ich glaube ich bleibe eine Prinzessin, dann kämmst du mir wieder meine Haare und ich kriege nie wieder diese scheußlichen Kletten."

„Sei einfach du selbst. Tausendschön gibt es nur einmal auf dieser Welt und du entscheidest ganz allein, wie du bist." Die Königin gibt ihr einen Gutenachtkuss. „Prinzessin hin oder her, ist doch eigentlich egal." Auf einmal hat die Prinzessin ein warmes Gefühl im Bauch. Das muss das Glück sein, von dem die Fee gesprochen hat, denkt sie.

Sie schlingt die Arme um ihre Mutter und sagt: „Ich hab dich lieb", bevor sie hundemüde einschläft. Mit einem Lächeln zieht die Königin die Zimmertür hinter sich zu.

Gefiederte Überraschung

Noch bevor der erste Hahn kräht, läuft die Prinzessin ins Dorf und klopft an die Schuppentür. Wie wird Hicks wohl auf ihren abgeänderten Herzenswunsch reagieren?

Hicks hat sich im Stroh eingerollt und Feenolia sitzt auf seinem Rücken. Die Prinzessin stupst ihn an. Verschlafen blinzelt er.

„Hicks, wach auf!" Das Stachelschwein gähnt und schüttelt sich, so stark, dass Feenolia überrascht auffliegt. Erst jetzt hört Hicks das Schnattern hinter der Prinzessin.

„Prillan!", ruft er. Die braune Wildgans steht in der Schuppentür. Sie ist es wirklich!

„Hicks!", ruft Prillan und umarmt Hicks, der schon wieder Schluckauf hat.

„Ich habe mir etwas für dich gewünscht, denn unsere Freundschaft ist mir wichtiger als alles andere", sagt die Prinzessin. Nun lässt Feenolia ihren Staub auf Hicks rieseln, dessen Schluckauf mit einem Niesen aufhört. Dem Stachelschwein wachsen plötzlich schneeweiße Flügel. Hicks sieht jetzt nicht mehr aus wie ein Ferkel, sondern wie ein Engel, denkt die Prinzessin.

„Damit du deiner Prillan überall hin folgen kannst", erklärt sie ihm stolz. Hicks ist beeindruckt. Er ist jetzt ein richtiges fliegendes Stachelschwein. Und davon gibt es nun wirklich nicht viele! Den restlichen Tag fliegen Prillan und Hicks hoch in den Wolken.

Die Prinzessin liegt auf dem Rücken im Gras und beobachtet die beiden. Es sieht fast so aus, als würden sie miteinander tanzen. Ob Hicks ihr jetzt wohl erzählen kann, wie Wolken schmecken? Vielleicht wie Zuckerwatte? Oder wie ein Gänseblümchen?

Ende gut, alles gut

Und so hat die Geschichte doch ein gutes Ende genommen: Hicks folgt seiner Prillan im Winter in den Süden, hat Tausendschön aber hoch und heilig versprochen, immer wiederzukommen.

Hacks hat nie wieder Späße über seinen Bruder gemacht, denn an manchen Tagen hat nun auch Hacks Schluckauf. Und an anderen Tagen hickst das ganze Schweinetal. An diesen Tagen holen die anderen Stachelschweine sich Rat bei Hicks, der weiß, dass Schluckauf überhaupt nicht schlimm ist. Manchmal hat auch Hicks noch Schluckauf. Dann fliegt er nicht mit Prillan und den Wolken um die Wette, sondern veranstaltet mit Tausendschön eines ihrer Wolkenbilder-Wettraten.

Und Prinzessin Tausendschön? Die hat sich nie wieder gewünscht, keine Prinzessin mehr zu sein. Weil sie gelernt hat, dass sie selbst entscheiden kann, was es heißt, eine Prinzessin zu sein.

Manchmal pflückt sie aber auch ein Gänseblümchen und lässt das Gänseblümchenspiel entscheiden, ob sie eine normalere oder frechere Prinzessin ist. Auch wenn sie immer noch Süßigkeiten isst, im Matschspiel oder im Regen tanzt und ihre Haare kürzer sind, wird sie immer sie selbst bleiben – und das ist auch gut so.

Und so leben Hicks und Prinzessin Tausendschön mit den anderen bis heute glücklich und zufrieden im Schweinetal.

Das Gänseblümchenspiel

Bist du eine Prinzessin? Möchtest du es herausfinden? Dann spiele doch das Gänseblümchenspiel mit Prinzessin Tausendschön.

Schritt eins:
Frage dich: „Bin ich eine Prinzessin?"

Schritt zwei:
Pflücke dir ein Gänseblümchen und sage mit jedem Blatt, das du pflückst: „Heute bin ich eine." Und mit dem nächsten: „Heute bin ich keine." Und dann wieder: „Heute bin ich eine." Das wiederholst du so lange, bis keine Blütenblätter mehr da sind.

Schritt drei:
Verbringe einen Tag als Prinzessin oder Nicht-Prinzessin.

Danke

Ein vielgebrauchtes Wort und doch selten lauthals aus tiefem Bauchimpuls rausposaunt. Vielmehr ist das „Danke" aus der Mode und zu einer Allerweltsfloskel geworden. Ich sage nun „einfach mal" Danke, auch wenn mir das zu wenig scheint.

Wo soll ich da anfangen? Vielleicht ganz einfach am Anfang, an meinem Anfang. Ich muss an meine Grundschullehrerin Alice Hermann denken, die mich einmal fragte, ob ich planen würde Schriftstellerin zu werden. Damals, in der vierten Klasse, antwortete ich wie aus der Pistole geschossen: „Nein, ich werde Raupenzüchterin!"

Heute, hoffe ich, dass mein Buch ihr vielleicht in die Hände fällt und sie über meinen Aufschrei von damals schmunzeln muss. Fürs Raupensammeln habe ich momentan leider weniger Zeit, aber vom Schreiben komme ich einfach nicht los.

Allgemein haben mich meine Deutschlehrerinnen sehr geprägt, ein großer Dank gilt besonders meiner Deutschlehrerin Frau Schröder, die sich über den Unterricht hinaus in meine Geschichten eingelesen und mich ermuntert hat weiter zu machen. Genauso dankbar bin ich meinen Freundinnen, die meine Geschichten verschlungen haben und oft nach Fortsetzungen lechzen.

Dank gilt auch meiner Lektorin Alexandra Fauth-Nothdurft für Rat und Tat, ohne dich wäre der Feinschliff mir nicht ganz so glatt von der Hand gegangen.

Auch danke ich meinem Mitbewohner Matthias für seine Lese- und Diskussionsfreude über eigenwillige Prinzessinnen.

Ein dickes Danke an Daniela und Wolfgang Wehrmeier für eure Ermutigung und tatkräftige Unterstützung. Danke euch für die Klönschnack-treffen, ihr inspiriert und unterstützt mich so sehr! Was täte ich ohne euch!?

Danke an meine liebe Angela Kaeding! Danke Angela für *meine* frühkindliche Prägung und Begeisterung fürs Basteln und Malen, mit ganz viel Federn und Glitzer und stets ohne Einwände deinerseits. Ich habe es sehr genossen mit dir Bastelwelten zu erschaffen!

Danke an meine Kuckucksfamilie Koll und vor allem Oma und Opa – für meine Kindheit auf Stroh, neben Schaf und Kuh und ganz viel Landluft.

Besonders dankbar bin ich Emely, für die ich diese Geschichte geschrieben habe und über die ich noch so manche Geschichte schreiben könnte. Du erinnerst mich regelmäßig an meine Kindheitsheldin Pippi Langstrumpf. Ihr Herz würde sicher nicht weniger lachen, als meins, wenn sie hören würde, dass es einen Wildfang da draußen gibt: Ein keckes Mädchen, das Rutschen im Stand auf Backblechen im Kindergarten runtersurft, oder mit zwei Jahren übt Kühe zu treiben wie die Großen: Du bist großartig, ich freue mich auf den Tag, an dem du mir dieses Buch vorlesen kannst. Ich weiß aber jetzt schon, dass du es auswendig können wirst, sobald ich es dir einmal vorgelesen habe und du die Geschichte dann schon besser kennen wirst, als ich. Ich wünschte, es würde wissbegierige, schlagfertige und abenteuerlustige Kinder wie dich an jeder Ecke geben, die es faustdick hinter den Ohren haben. Denn dafür sind sie Kinder, dass sie uns Erwachsenen dann und wann zeigen (wenn wir gerade dabei sind es zu vergessen), wie einfach Glücklichsein ist. Und manchmal sind unkonventionelle Dinge wie ein Zweinutzungsblech da, um sie einfach auszuprobieren und den eigenen Horizont um ungeahnte Breiten zu erweitern.

Wenn ich die Welt durch deine Augen beschaue, dann verpuffen meine weltfernen erwachsenen Probleme, denn ich glaube dir, wenn du mir erklärst:

„Nach der Wunde kommt der Regenbogen"

Tjorven Boderius wurde 1998 in Dithmarschen, als ältestes von drei Kindern, geboren. Nach ihrem Realschulabschluss besuchte sie das Berufliche Gymnasium. Anschließend verbrachte sie acht Monate auf Farmen in Neuseeland. Nach diversen landwirtschaftlichen Praktika nahm sie das Studium der Agrarwissenschaften auf. Nebenher bloggt (mytinnef.wordpress.com) schreibt und liest sie, wenn sie nicht gerade ihre Schafe, oder die Rinder des Nachbarn einhütet. Seit Kindertagen haben es ihr die Landwirtschaft und das Schreiben gleichermaßen angetan.

Weitere Bücher von Tjorven Boderius finden Sie im Tredition-Onlineshop (www. tredition.de/buchshop) , wie auch im Buchhandel um die Ecke.

Die Idee zu der Geschichte von Prinzessin Tausendschön und Hicks hatte Tjorven Boderius bereits 2017.